日頭雨截句

王羅蜜多 著

截句

● 是位烏甕串劃出一片toro

4 行詩

是長躼躼的詩句，
切一截落來放風吹，
走──
相
逐。

因為
世事
氣身　惱命，

所以　做伙來
　　讀　截句　退火。

【截句詩系第二輯總序】
「截句」

李瑞騰

　　上世紀的八十年代之初，我曾經寫過一本《水晶簾捲──絕句精華賞析》，挑選的絕句有七十餘首，注釋加賞析，前面並有一篇導言〈四行的內心世界〉，談絕句的基本構成：形象性、音樂性、意象性；論其四行的內心世界：感性的美之觀照、知性的批評行為。

　　三十餘年後，讀著臺灣詩學季刊社力推的「截句」，不免想起昔日閱讀和注析絕句的往事；重讀那篇導言，覺得二者在詩藝內涵上實有相通之處。但今之「截句」，非古之「截句」（截律之半），而是用其名的一種現代新文類。

　　探討「截句」作為一種文類的名與實，是很有意思的。首先，就其生成而言，「截句」從一首較長的詩中截取數句，通常是四行以內；後來詩人創作「截句」，寫成四行以內，其表現美學正如古之絕句。這等於說，今之「截句」有二種：一是「截」的，二是創作的。但不管如何，二者的篇幅皆短小，即四行以內，句絕而意不絕。

　　說來也是一件大事，去年臺灣詩學季刊社總共出版了13本個人截句詩集，並有一本新加坡卡夫的《截句選讀》、一本白靈編的《臺灣詩學截句選300首》；今年也將出版23本，有幾本華文地區的截句選，如《新華截句選》、《馬華截句選》、《菲華截句選》、《越華截句選》、《緬華截句選》等，另外有卡夫的《截句選讀二》、香港青年學者余境熹的《截竹為筒作笛吹：截句詩「誤讀」》、白靈又編了《魚跳：2018臉書截句300首》等，截句影響的版圖比前一年又拓展了不少。

　　同時，我們將在今年年底與東吳大學中文系合辦

「現代截句詩學研討會」，深化此一文類。如同古之絕句，截句語近而情遙，極適合今天的網路新媒體，我們相信會有更多人投身到這個園地來耕耘。

【話頭】淋一身臺南的日頭雨：
序王羅蜜多的《日頭雨截句》

方耀乾

（臺中教育大學臺灣語文學系特聘教授兼系主任）

　　認捌王羅蜜多已經二十外冬矣。初熟似的時知影伊的大名叫做王永成，是一位出色的畫家。成十冬後才閣見面，換王羅蜜多的名現身，是一位出色的詩人。這兩種的身分，伊攏非常出跤，實在無簡單，實在使人佩服。

　　《日頭雨截句》這本詩集作者標示是截句，是王羅蜜多的第二本截句選集。啥是截句？截句是2015年有人佇中國提倡，臺灣佇2017年才開始流行起來的一種詩的形式。一般來講，截句是一至四逝的詩句，會使裁剪自舊作，也會使是完全新創的詩作。優點是形

式自由，逝數簡短，靈感閃爍，使人有所感抑是會心
一笑，有日本俳句的滋味，毋過截句閣較自由活靈。
《日頭雨截句》完全符合按呢的範疇，閣較寶貴的
是，這本截句詩集是用臺語寫的，咱會使講王羅蜜多
是臺語截句的先行者。

　　免特別說明，咱順手摘五首截句鼻芳一下就會隨
理解：

　　一、〈一葉詩〉
　　菩提一坎一坎peh上去
　　法力無邊挨破天。突然
　　地動慄慄顫，跋落來
　　一摑……著生驚的詩

　　二、〈胭脂巷〉
　　路燈跤，蛾仔颺颺飛
　　月娘婁入胭脂巷
　　尻川跩咧跩咧，奶巡

挾一蕊煮飯花

三、〈卍字〉

魔神對面啼

門口有卍字

手拈心肝穎

清汗潸潸滴

四、〈鳥屎榕〉

佛院的雀鳥食經放經，發一檻鳥屎榕

三百年來飽滇的果子，清氣tam-tam

優雅迷人。只不過，原在號做鳥屎榕

五、〈人心〉

人心楔入歷史的

腹肚，燉高麗巴蔘

古早味的湯頭芳絳絳

一點仔攏袂臭臊

　　這本詩集內面的截句，真有南臺灣的滋味，特別
是有臺南的印記。咱一面淋著臺南的日頭雨，「水沖
落身軀，親像山水畫／阮共山水切一塊，牽詩線」，
一面「騎鐵馬，放風吹」，唸歌詩，作伙騎入黃昏的
景色裡。

2018/9/9，臺南市永康

【話頭】
日頭猶閣歁（sìm）一下

王羅蜜多

舊年底，加入臺灣詩學25週年出版計劃，出版一
本《王羅蜜多截句》。今年白靈老師講欲閣繼續，問
我敢有興趣，我一聲就應好。

對我來講，短詩捽著足歡喜，截句嘛切著誠爽
快。佇生活中，看著的感受著的翕入頭殼內，靈感閃
爍中間，就產生寫詩的慾望。

有時陣，牽親引戚，觀前看後，就搝出一大坪
的詩詞。切一塊好份的，紲感覺比原初的好誠濟。講
著切，動作的大細，下力的輕重厚薄，攏會產生無全
的結果。譬如，用劙（liô）的，就有一眉仔詩，可能
一句爾爾。檢采用割的，用切的，就會較大片，可能

二行三行。若準用剁用斬的，親像殘殘豬肝切五角按呢，野性氣力，得到的是惱恨兼心爽的詩句。

《日頭雨截句》內底這首〈剁句〉，是對〈切句〉剁出來的，原作是按呢：

〈切句〉

一座吊橋共魂魄分雙爿

湖南　　湖北

一本冊將吊茄割兩橛

東橛　　西橛

一首詩歇佇冊的中央

啄龜　　雄雄

頭殼予人剁落來

配茶

（風，大力歕一下）

利劍劍的字句

共家己的戀情切切切

舊愛新歡分做幾若塊

甜粅粅　苦苦苦

（白鳥敆烏雲，恬恬

佇水底飛）

截句是按呢：

〈剁句〉

一首詩歇佇冊中央，啄龜

雄雄……頭殼予人剁落來

配茶

（風，大力歕一下……）

　　我佇4-5行之間剁一下，8-9行之間閣剁一下。紲
落，劃第8行來補充。佇遮，剁佮劃的趣味攏走出來。

　　仝款舊年底，白靈老師編選的〈臺灣詩學截句選
300首〉，佇facebook詩論壇半年內，五千外首作品選
出來，工事誠大，嘛誠有意思。

　　我有時會紮這本截句300首去虎頭埤散步，共囥踮

石椅頂，風，大力歕一下，就翻出一首。共讀看覓，四常有意外的驚喜，閣親像風神也加入截句的行列。

頂回的《王羅蜜多截句》八十首，短詩佮舊詩切出來的，大約一半一半，今年這本《日頭雨截句》六十首，大部份是四行內的短詩。講短詩，其實是有意識的切句。因為佇日常中想著的翕入來的影像，靈感，佇腦海內已經剁一塊落來，激出自然的詩句。短小的詩句，毋是雕刻出來的，有時文字嘛冗冗（līng）仔爾爾。所以毋管是劃的，切的，割的，斬的，剁的，攏自在無罣礙。

《王羅蜜多截句》寫的誠濟花草、景色，心情抒懷。《日頭雨截句》則是有一寡詼諧、剾洗，對社會、政治的批判。

內心的鬱結、不滿，莫講遐濟。殘殘剁一塊落來寫做詩，予讀者的目睭皮雄雄跳一下，嘛是誠爽的代誌。

日頭雨，日頭光焱焱，雨水澹糊糊，佇這塊土地行踏的人啊，毋知是欲歡喜抑哀悲。不而過，淋佇

咱身軀頂的雨水，若共當做水沖（瀑布），佇頭面，
佇肩胛，佇胸坎，佇腰身，佇跤頭趺……規座山的水
沖，比五峰旗閣較媠。這種山水，隨意剁一塊落來，
是一幅小品圖，也是一首小詩。

　　這首詩，予咱騎鐵馬隆隆踅，提來放風吹，佮雲
尪走相逐，心神自然清爽退火。

　　　　　　　　2018/8/10王羅蜜多寫佇大目降

目　次

輯三 ｜ 夭壽桃

輯四 ｜ 無講無呾

輯五｜五月火

日頭雨截句

天書

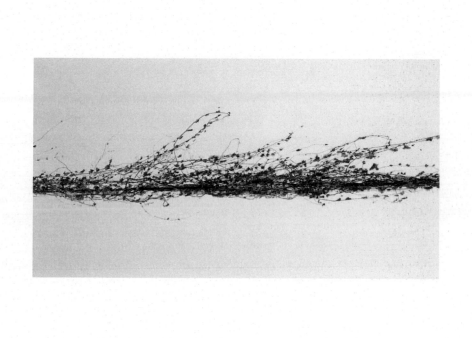

天書

敢若犁頭渦暮色，畫草菅

愈畫愈烏毋知欲按怎

規氣颺頭搵星光，閃爍爍

一筆掃過hiànn爿山

註：

滒，kō，沾，蘸。

菅，kuann，芒草。

颺，iānn，飛揚。

一葉詩

菩提一坎一坎peh上去

法力無邊揆破天。突然

地動慄慄顫，跋落來

一摵……著生驚的詩

註：

一搣，tsit me，一把。

緣份

一滴粗俗的目屎滴落去
雅氣的鉛粉，輾三輾
變珠淚。一支削尖的鉛筆
閹雞行，寫詩

大南門

大南門啉咖啡，放詩

一門一門攏押韻

彈對三十三天地外去

註：

佇府城大南門寫詩。

端午乾杯

捧起這个中畫時

敬天下間

舞弄文字、托下斗的星

一杯詩

玄機

烏暗的花園開烏暗的花蕊
神秘，是一塊烏黝黝的海綿
軟滿烏趖趖的奶水，暗中
一个毋成物開始喘氣

註：

烏黮黮，oo-sìm-sìm。

烏趖趖，oo-sô-sô。

欶，suh，吸取。

目睭神神

千外年前的杜子美

化身蒼狗佇白雲中

吐頭吶舌看我。開車

註：

吶，nā，舌頭伸長捲動。

眼神

予手機仔誘拐去的目睭，神神
佇光滑的身軀頂，攄袂停
發甲三丈懸的刺查某，扭來扭去
青錦錦的目睭，鬼鬼，一直睨

註：

攄，lu，推磨。

青錦錦，青-gìm-gim

睨，gîn，眼睛瞪著看。

小劍獅

　　埼跂古早曆頂歕風，唸現代詩
　　十二生肖捲做雲，輾來輾去
　　阿祖傳落來的寶劍，暫且
　　予恁做迌迌物，斬情絲

註：

詩寫府城安平老街的小陶獅。某日踅過小巷，遇著文雅的歐吉桑，指厝頂講，這是伊叔孫仔的創意。

歕，pûn，吹。

迌迌，tshit-thô，遊玩。

胭脂巷

路燈跤，蛾仔颮颮飛
月娘轆入胭脂巷
尻川蹽咧蹽咧，奶巡
挾一蕊煮飯花

註：

䘥，nǹg，鑽。

輾，liàn，滾動。

踐，tsuāinn，扭。

矸仔笎

笎喉空，笎耳空，笎鼻空

笎××空。六空攏空了矣

開天門，擽神的胳下空

註：

笓，tshîng。

擽，ngiau。

火車火車

火車火車

天頂地下（ē）硞硞從
tin-tōng，tin-tōng
風火輪金箍棒
三太子大戰孫悟空

註：

傱，tsông，慌亂奔忙。

卍字

魔神對面啼

門口有卍字

手拈心肝穎

清汗潲潲滴

註：

拈，llam，手指輕輕夾物。

穎，ínn，幼芽。

潘潘滴，tshàp-tshàp-tih，滴個不停。

鳥屎榕

佛院的雀鳥食經放經，發一欉鳥屎榕
三百年來飽滇的果子，清氣tam-tam
優雅迷人。只不過，原在號做鳥屎榕

註：

飽滇，pá-tīnn，充足飽滿。

食魚

魚肉誠軟絲，魚目毋願死
咬牙切齒的聲音迴腹內
一群食人魚，雄雄潰出來
哺食家己的喙舌

註：

迵，thàng，通達。

濆，bùn，湧出。

現流仔

魚佇水底puh出泡泡的經文
人踮桌頂拍開暴暴的喙唇
輕輕哺經句，peh上慈悲的渡船
只留一支龍骨卡嚨喉，踅經輪

註：

現流仔，hiān-lâu-á，現捕海鮮。

哺，pōo，咀嚼。

上帝的籤詩

創世紀，上帝用煙火寫詩

光爍爍的文字，抾做日月佮天星

留落來的煙黗，涊做一粒土丸仔

晟飼罪人佮精牲

（有時陣，閣用雷公爍爁來點醒）

註：

抾，khioh，拾取。

煙黗，ian-thûn，煙垢。

浞，tshiòk，搓揉。

爍爁，sih-nah，閃電。

晟，tshiânn，養育。

心悶

電風吹過來的新聞踮塗跤踵
黃錦錦皴襞襞，綴北風颶颶飛
心悶的人去野外放風吹，攑頭
烏雲白雲攏有一點仔假

截自 2018/6/10〈心悶〉

註：

趖，tshê，在地面拖行。

黃錦錦，ng-gìm-gìm，顏色熟黃。

皺襞襞，jiâu-phé-phé，皺巴巴。

颺颺飛，iānn-iānn-pue，胡亂飛揚。

市內鳥

早早起床晏晏睏，逐時咬舌學膨椅狗戇吠
的市內鳥，躡跤尾，看過一座一座光溜溜
的樓仔厝，仙看看袂著
已經被野蠻人結果擲掉的美麗家園

註：

晏，uànn，晚。

結果擲掉，kiat-kó tàn-tiāu，殺害，催毀。

人心

人心楔入歷史的
腹肚，燉高麗巴蔘
古早味的湯頭芳絳絳
一點仔攏袂臭臊

註：

楔，she，塞。

絳絳，kòng-kòng

臊，tsho，腥味。

百年驛站

坐踮時間的路口，四箍輾轉
鐵馬拚過野狼傱過寶獅抲過
捷豹也竄偎來矣。百年驛站
驚甲面仔青恂恂，毋敢出聲

2018/3/16詩寫新竹火車頭

註：

四箍輾轉，sì-khoo-liàn-tńg，四周。

青恂恂，tshenn-sún-sún，受驚嚇而臉色青白。

雞鵤刺

頭路予亂鐘仔搶去，袂曉展翅袂曉啼

規身軀刺giâ-giâ，專掠過路人出氣

我請伊入來讀一首解鬱的詩，閣雄雄

冊皮大力崁落去……刺，一支一支拗做字

（無代誌）

截自2018/4/1〈雞鵤刺〉

註：

雞鵤，kē-kak，公雞。

石碑

老歐吉桑捧一个便當攄入碑林
跔跔霧霧。每扒一喙配一逝字
青春已經予嘐潲的城市割了了
擔頭犁頭，逐句猶是謙卑謙卑

註：

寫伨臺南大南門城碑林。

𢯰，nňg，穿，鑽。

跔，ku，彎身蹲下。

一逝，tsi̍t tsuā，一行

剁句

一首詩歇佇冊中央，啄龜

雄雄……頭殼予人剁落來

配茶

（風，大力歕一下……）

截自2017/10/27〈切句〉

註：

啄龜，tok-ku，打瞌睡

歕，pûn，吹。

日頭雨截句

天壽桃

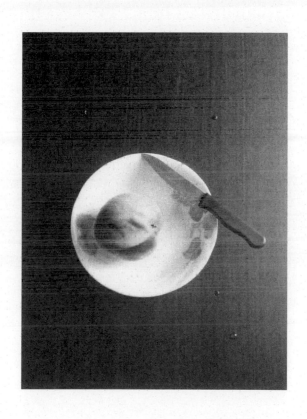

天壽桃

喙顆擄在人搧甲紅絳絳
閣恬恬等待橫逆的尖刀
來剖開心肝祝伊食百二
天壽桃，無靈魂的水菓

註：

喙顊，tshuì-phué，臉頰。

紅絳絳，âng-kòng-kòng，顏色極紅。

手曲黨

手曲直直曲，屈入無屈出
屈甲生青苔，屈甲伸袂直
胳耳空夾稠稠，袂起毛
講兄弟啊，汝有臭狐狸羶

註：

曲，khlau，彎曲。

胳耳空，kueh-hīnn-khang，腋窩。

起毛，khí-moo，情緒。

羶，hiàn，腥味。

風颱

島嶼厚風颱，聽講：
這个較厲害，號做種痣
敬愛的鄉親父老啊！逐家
愛準備大型的抽水機

註：

厚風颱，kāu風颱，常常有颱風。

政治電火柱

後跤當咧撣的時，全然忘記
搖尾的代誌。喉內半觷倒的
彼支刺，繼雄雄對主公射出
去⋯⋯啊，穩死！

註：

攑，giàh，拍，舉。

半麾倒，puànn-the-tó，斜躺。

丁字褲的暗示

一支翹翹，褲頭攏（láng）予牢
指向後門傱高速，上朝庭揣貴人蓋緊要

抑是垂垂……激紳士行大門，老街慢慢仔散步
逐工向望日頭公舖地氈，落紅雨

註：

攏，láng，往上拉。

牢，tiâu，牢靠。

傱，tsông，奔忙。

激，kik，故意顯出某種樣貌。

舊年跳水的大官虎閣來矣

「這擺若閣做袂到……」（吞一喙瀾）

「絕對切腹予恁看」

一群魚仔攑頭焐著牙光……（毋敢看）

藏落水底摸腹肚，呶呶掣

註：

瀾，nuā，口水。

呸呸掣，phih-phih-tshuah，恐懼發抖。

大佛普拉斯

金權安法相

莊嚴一張皮

腹內烏漉漉

毋知是啥貨

註：

詩寫大佛普拉斯觀後感。

烏漉漉，oo-lòk-lòk，很黑。形容壞心腸。

直昇機呀

汝佇頂頭舞弄遐爾仔久
敢袂跤尾冷吱吱？要緊
落來，消毒蠻皮的名字
閣再手術頭殼內的政治

註：

遐爾仔，hiah-nī-á，那麼。

蠻皮，bân-phuê，冥頑不靈。

樹葬

知影樓跤住tīng-khong-khong的靈魂
這欉含梢的樹仔突然開枝暴葉青迸迸
毋驚風颱毋驚雷公爍爁，只驚
鳥仔來放屎

註：

tīng-khong-khong，很硬。

含梢，hâm-sau，乾枯疏鬆。

青迸迸，青piàng-piàng，飽滿的綠色。

花葬

花蕊一瓣一瓣褫予薄縭絲

貼眼耳鼻舌，佮所有秘密的空縫

五花十色花言巧語千萬種芳味

做一下帶去，爽死

註：

褫，thí，展開。

薄縭絲，pòh-li-si，極薄。

海葬

白茫茫的水世界，風戇戇
一隻白死殺的信天翁褫開
無邊無際的大翅股，一湧
白爍爍的靈魂，濺出來

註：

戇戇，gōng-gōng，呆傻。

白死殺，慘白。

Rohingya

予一陣兇狂火趒落山的草，Rohingya
流落溪底閣予大雨強姦的草，Rohingya
暝日祈禱，神賞賜一屑仔土沙粉
佇伊死了帶名字飛轉去故鄉，徛墓牌

　　　　　截自2017/10/27〈這款草005〉

註：

Rohingya，指羅興亞人。緬甸2017年8月爆發暴亂以來，數以萬計羅興亞人逃到孟加拉。

一屑仔，tsit-sut-á，一點點。

日頭雨截句

無講無呾

無講無咀

日頭歂一下
汝也紲墜落我的目睭底
就燉一首，茄苳蒜頭雞
一句一句，鵝佮鴨的話

註：

無講無呾，bô-kóng-bô-tànn，不動聲色。

揕，sìm，上下晃動。

焦慒的落雨暝

一暝失眠寫三篇，愈寫愈散

親像落雨突傘，逐支有無仝

的汗

註:

憽，tso，心煩意亂。

日頭雨

日頭閣斟一下，捽倒面桶
水沖落身軀，親像山水畫
阮共山水切一塊，牽詩線
騎鐵馬，放風吹

註：

歁，sìm，上下晃動。

捙，tshia，打翻。

水沖，tsuí-tshiâng，瀑布。分開唸則是名詞、動詞。

Tiyaling

就是這啦
昨暝佇心肝頭輾幾若lin
苦甘仔苦甘。早起
閣重暴穎，野味的青春

註：

Tiyaling（阿美族語），車輪苦瓜，輪胎茄，口感類似苦瓜加綠茄子的綜合體。

暴穎，pok-ínn，出芽。

細膩

啉青迸迸的水
一屑仔日光淡薄仔空氣
規身軀卡青苔，狗蟻
一隻一隻soh起去

註：

細膩，sè-jī。

Soh，攀登。

草殼粿

四月穀雨落入心肝底

雨鬚倒濺khòk-khòk花

敢是無食著草殼粿

滿腹相思綿綿颺颺飛

註：

草殼粿，鼠殼粿，草仔粿。通常在清明時祭拜用。

清明的譬喻

清明的鼠殼粿誠濟譬喻

佇腹肚內掩掩揜揜，像講

肉幼仔、蝦米、菜頭乾，像講

分裂、嚓嚓趒、拔起來空原在

註：

掩掩揜揜，ng-ng-iap-iap，遮遮掩掩，偷偷摸摸。

嚓嚓趒，tshiàk-tshiàk-tiô，活蹦亂跳。

最酷的旅伴

他的過去已經失落佇荒郊野外
佇海邊，佇夢裡……咱那行那拈
共他地面的形影摸上天。逐家
喙開開，有影大人物大代誌

註：

法國紀綠片〈最酷的旅伴Visages Villages〉觀後感。

抾，khioh，拾取。

搝，khiú，拉扯。

暗中

我想著細漢彼支電風

燒沸沸kìnn-kénn叫

大同世界，像煎匙

歕一口氣，反十外尾魚

註：

燒沸沸，燒燙。

煎匙，tsian-sî，鍋鏟。

反，píng，翻轉。

鹽花

白茫茫的日子
共海水沃落心肝穎
開一蕊一蕊的鹽花
閣一瓣一瓣剝來戝

註：

豉，sīⁿn，用鹽醃製食物。

修行

佇旗後海邊
寧願是斷崖頂的一欉小樹
日頭起落，船隻往回，風雷雨霧
攏是我的導師

註：

寫佇打狗旗後星光磅空出口海墘。

日頭雨截句

五月火

二九暝

恭e稍等待

喜仔連鞭來

註：

連鞭來，liâm-mi來，很快就來。

㧣㧣蚓蚓

年兜寒gí-gí

平平鹽酸草

囝仔嬰干但㧣㧣

大餅面，蚓蚓做一毬

註：

匀，klu
蚪，khiû

二月櫻花開

汝的喉脣，親像雅詩蘭黛

漂浮佇我茫茫的腦海

汝的喉瀾，化做Poet's Dream

流落我焦渴的心內

截自2018/2/26〈行春記006〉

註：

Poet's Dream，調酒的一種。

捧花

三月，風鈴花
文文仔落小巷
捧花人觀三工
戇戇仔笑一冬

註：

文文仔，bûn-bûn-á，微微的，淺淺的。

戇戇仔，gōng-gōng-á，呆呆的，傻傻的。

三月鶯

花录录的三月
開花，暴穎，滿四界
截一節好份的轉來，shiage
黃鶯的歌聲，逗佇心肝底

註：

花彔彔，花巴哩貓，花樣多又雜。

Shiage，日本外來詞，潤飾、修飾。

春色

目眉鳥飛過汝的胳耳空
目睭魚泅過汝的跤縫下
鳥仔叫一聲啾咪，春色！
魚仔紲歹勢甲沈落去……

截自2018/2/14〈大寒夜009〉

註：

胳耳空，kueh-hīnn-khang，腋窩。

五月火

五月鳳凰，抹粉點胭脂

妖嬌美麗嬈甲欲死

白雲拼清汗，烏雲流喙瀾

日頭公hà甲涵涵滴

註：

嬈，hiâu，輕佻，風騷。

清汗，tshìn-kuānn，冷汗。

五月茉莉

1

五月的
笑容白雪雪，幼咪咪
深情的目睭，眨眨nih
像欲講啥物

2

兩蕊守繡房
三蕊放風吹
柔軟的詩線
跍阮身軀huê

3

母免抹粉點胭脂

一蕊小茉莉

較贏一簇紅玫瑰

註：

茉莉，bàk-nī

眨眨nih，tshàp-tshàp-nih，眼睛眨不停。

Huê，輕輕摩擦

到手芳

左手芳，正手也芳

大蕊芳，細蕊也芳

八大山人，落海

心茫茫

註：

到手芳，左手香、箸手香、到手香、過手香。具有濃烈香氣。

失落

清明復活的草枝閣

綴一葩日頭焦蔫去

必裂的墓誌銘，火金蛄

飛過的聲，薄縭絲

註：

焦蔫，ta-lian，枯萎。

薄繗絲，pòh-li-si，非常薄。

小雨傘

看啊一條無限曠闊的海岸線
割開咱的心肝，風湧直直絞
滾出來的斷腸花，是一蕊一蕊
悲情的小雨傘……

註：

絞，ká，糾結，螺旋狀動作。

參天講話

五月斑芝綿綿颺颺飛，我捎一蕊拭汝的面腔，
烏雲白霧攏總消失去。
是毋是，六月汝莫閣落黃酸雨。是毋是，七月
我袂閣開無營養的花。

註：

面腔，bīn-tshiunn，臉色。

黃酸，ng-sng，面黃肌瘦。黃酸雨，梅雨。

金蟬

親像開悟的獎座，坐踮菩提樹跤
春天的新葉金黃色
秋天的落葉也金黃色
一陣知了的唸經聲，嘛是金黃色

作者朗誦十首詩QR code

1. 玄機

2. 眼神

3. 火車火車

4. 心悶

5. 夭壽桃

6. 直昇機呀

7. 無講無呾

8. 日頭雨

9. 暗中

10. 五月火

或網路搜尋：

王羅蜜多《日頭雨截句》朗誦十首－YouTube

語言文學類　截句詩系36　PG2163

日頭雨截句

作　　者／王羅蜜多
責任編輯／林昕平
圖文排版／周妤靜
封面原創設計／許水富
封面設計／蔡瑋筠

發 行 人／宋政坤
法律顧問／毛國樑　律師
出版發行／秀威資訊科技股份有限公司
　　　　　114台北市內湖區瑞光路76巷65號1樓
　　　　　電話：+886-2-2796-3638　傳真：+886-2-2796-1377
　　　　　http://www.showwe.com.tw
劃撥帳號／19563868　戶名：秀威資訊科技股份有限公司
　　　　　讀者服務信箱：service@showwe.com.tw
展售門市／國家書店（松江門市）
　　　　　104台北市中山區松江路209號1樓
　　　　　電話：+886-2-2518-0207　傳真：+886-2-2518-0778
網路訂購／秀威網路書店：https://store.showwe.tw
　　　　　國家網路書店：https://www.govbooks.com.tw

2018年10月　BOD一版
定價：280元
版權所有　翻印必究
本書如有缺頁、破損或裝訂錯誤，請寄回更換

國家圖書館出版品預行編目

日頭雨截句 / 王羅蜜多著. -- 一版. -- 臺北市：
秀威資訊科技, 2018.10
　　面；　公分. -- (語言文學類)(截句詩系；
36)
　　BOD版
　　ISBN 978-986-326-624-2(平裝)

851.486　　　　　　　　　　107017639

讀者回函卡

感謝您購買本書，為提升服務品質，請填妥以下資料，將讀者回函卡直接寄回或傳真本公司，收到您的寶貴意見後，我們會收藏記錄及檢討，謝謝！
如您需要了解本公司最新出版書目、購書優惠或企劃活動，歡迎您上網查詢或下載相關資料：http:// www.showwe.com.tw

您購買的書名：＿＿＿＿＿＿＿＿＿＿＿＿＿＿＿＿＿＿＿＿＿＿

出生日期：＿＿＿＿＿年＿＿＿＿＿月＿＿＿＿日

學歷：□高中 (含) 以下　　□大專　　□研究所 (含) 以上

職業：□製造業　□金融業　□資訊業　□軍警　□傳播業　□自由業
　　　□服務業　□公務員　□教職　□學生　□家管　□其它＿＿＿

購書地點：□網路書店　□實體書店　□書展　□郵購　□贈閱　□其他

您從何得知本書的消息？

　□網路書店　□實體書店　□網路搜尋　□電子報　□書訊　□雜誌
　□傳播媒體　□親友推薦　□網站推薦　□部落格　□其他＿＿＿＿＿

您對本書的評價：(請填代號　1.非常滿意　2.滿意　3.尚可　4.再改進)

　封面設計＿＿＿　版面編排＿＿＿　內容＿＿＿　文／譯筆＿＿＿　價格＿＿＿

讀完書後您覺得：

　□很有收穫　□有收穫　□收穫不多　□沒收穫

對我們的建議：＿＿＿＿＿＿＿＿＿＿＿＿＿＿＿＿＿＿＿＿＿

＿＿＿＿＿＿＿＿＿＿＿＿＿＿＿＿＿＿＿＿＿＿＿＿＿＿＿＿＿＿

＿＿＿＿＿＿＿＿＿＿＿＿＿＿＿＿＿＿＿＿＿＿＿＿＿＿＿＿＿＿

＿＿＿＿＿＿＿＿＿＿＿＿＿＿＿＿＿＿＿＿＿＿＿＿＿＿＿＿＿＿